2015

ye

LE TABLEAU

DE

LA NATURE.

> ....*As the Wakeful bird*
> *Sings darkling, and in shadiest covert hid*
> *Tunes her noctural note*...........
>
> Parad. loft, Book III.

A LONDRES,

Et se vend à Paris,

Chez H U M B L O T , Libraire, rue Saint - Jacques,
vis - à - vis l'Eglise des Jésuites.

M. DCC. LX.

A MADAME***

ADAME,

Dans ce Tableau Poëtique, dont on a tiré quelques copies, sous le titre d'Hymne Champêtre, ou d'Idille Philosophique, la Poësie rend ses

hommages à la Nature, & la Nature
vous les renvoie. Ce petit Ouvrage
seroit plus orné, si vous faisiez plus
de cas de l'Art, ou si d'autres occu-
pations m'avoient permis d'y consacrer
plus de tems.

Je suis avec un profond respect,

MADAME,

Votre très - humble & très-
obéissant Serviteur ***

LE TABLEAU

DE

LA NATURE.

Q U’IL m’eſt doux de revoir ces tran-
quilles déſerts !
D’y jouir de la paix ! d’y reſpirer ſans
fers !
J’y vis ſans opulence,
J’y vis exempt de ſoins ;
On eſt dans l’abondance,
Quand on eſt ſans beſoins.
Les demeures des Grands qu’admire le vulgaire,
Sont de belles priſons dont l’éclat le ſéduit.
Les Palais ſont par-tout où nous ſavons nous
plaire ;

Le mien eſt un Berceau que l'ambition fuit,

J'y goûte un calme heureux , & mon ame eſt
contente.

Sur un trône de fleurs, ſous un dais d'arbriſ-
ſeaux ,

Je ſens naître , à l'aſpect de mille objets nou-
veaux,

Un tendre ſentiment dont la douceur m'enchante.

  Ces renaiſſans Boſquets ;

  Ces Campagnes fleuries ,

  Ces fertiles Guérets ,

  Ces Ruiſſeaux , ces Prairies ,

Dont l'enſemble s'unit pour orner mon ſéjour,

Regnent ſur tous mes ſens , & font pour moi
la Cour.

  Je vois deſcendre la Nature

  Sur un autel de gazon verd :

  Ses dons ſont purs, ſa faveur dure ,

  Son Temple m'eſt toujours ouvert.

Je l'entens , qui m'appelle au paiſible partage

  Des biens que renferme ſon ſein ;

  Charmé d'un ſi touchant deſtin ,

Je te voue , ô Nature , un légitime hommage ;

Et dans tous les objets dont m'entoure ta
main ,

J'adore ton pouvoir , je chéris ton image.

    Bocages, Bruïeres, Gazon ,

    Fontaines , dont j'entens fuir l'onde ,

    Côteaux , qui bornez l'horizon ,

    Vallons , folitude profonde ,

    Oifeaux , premiers chantres du monde ,

    Abeille , Fourmi , Papillon ,

Vous me retracez tous une Mere féconde :

Vous l'offrez à mes yeux fous mille & mille

    traits.

Je vois flotter fon ombre au fond de ces Forêts.

Sous l'éclat de ces fleurs j'admire fa parure ,

Fugitive fous l'onde elle arrofe ces bords ,

Sous le nom de Zéphire elle vole & murmure :

    Ce que je vois eft la Nature.

Sa préfence eft fenfible , & produit mes tranf-

    ports.

Cet Aftre étincelant ; ce Globe de lumiere ,

Que fon fouffle rapide alluma dans les airs ,

Le Soleil, d'où jaillit le feu qui nous éclaire ,

N'embellit qu'elle - même en ornant l'Univers.

    L'Aurore devance

    Son lever radieux ,

    Entrouvre & nuance

La carriere des Cieux.

On croit voir éclore
Le Monde reproduit :
Il renaît encore
Du chaos de la Nuit.

Je renaîs moi - même,
Entouré de lueurs.

Sous un Diadême
Qu'elle enrichit de fleurs,
La Nature féme
Ses premieres faveurs.

J'entens son ramage
Dans l'épaiffeur des Bois.
Je vois son image
S'ébaucher fur les toits.

Un voile de rofes
Flottant fur fes appas ,
Couvre encor les chofes
Que l'œil n'aperçoit pas.

Pendule vivante ,
Héraut du jour qui naît,
L'Oifeau crêté chante
La Nuit qui difparoît.

Le Jour fe déploie
Dans l'éclat du matin ;
L'ombre qu'il renvoie ,

Quitte

Quitte la terre enfin.

Les heures légeres

Ouvrent subitement

Les lentes paupieres

Du Berger indolent.

Les cabanes rendent

Aux champs abandonnés,

Les mains qu'ils attendent,

Pour être mieux ornés.

A mes yeux offerte

Sous des flots de rayons,

La Terre est couverte

De fleurs, ou de moissons.

Du sein du silence

Sort un monde bruïant.

Par-tout l'existence

Remplace le néant.

Tout existe, hors vous qui sommeillez encore,

Paresseux Habitans des oisives Cités.

Les trésors du matin, les beautés de l'aurore,

Echappent à vos sens pesamment garotés.

Esclaves entourés de barrieres de soie,

Enterrés dans des lits, image des Tombeaux,

Sous la pourpre & sous l'or dont brillent vos

   rideaux,

Vous fuïez la Nature au moment de sa joie.

B

Je vis ; & vous mourez dans les bras du fommeil.

Tandis qu'enfevelis dans une nuit factice ,
D'Orefte ou d'Ixion , vous fouffrez le fupplice ,
Je jouis librement du retour du Soleil.

Sur les retraites que j'habite ,
Il commence fa courfe avec un front férein.
Son début me préfage un paifible deftin ,
Que vous n'obtiendrez point fous les fers que
j'évite.

J'y confens, remplacez par un jour acheté ,
Les jours éclos du Ciel dans ces plaines fertiles ;

Où des réflexions tranquilles
Rappelleront fans ceffe à mon cœur enchanté ,
Les traits de la Nature & fa fécondité.

Je la verrai par-tout : dans les fruits de l'Automne ,

Dans les fleurs du Printems , dans les feux de
l'Été.

Jufques dans les frimats dont l'Hyver fe couronne ,

Mes regards jouïront de fa variété.

Au retour du Printemps, des Zéphirs, & des Graces ,

Au retour des Plaifirs enchaînés fur leurs traces,

Les champs couverts de fleurs,
Et nués de verdure,
Des mains de la Nature
Reçoivent leurs couleurs.

Les richesses brillantes
Que la Terre produit,
Semblent éclore au bruit
Des ondes gazouillantes.

Les bocages ombreux
Couvrent tous les rivages,
De Châteaux de feuillages
Habités par les Jeux.

Sur les branches nouvelles
Les Oiseaux réunis,
Ou méditent leurs nids,
Ou chantent leurs querelles.

Tout renaît, tout fleurit :
La Nature est contente,
Sa parure l'enchante ;
On diroit qu'elle rit.

On diroit que sa joie

Veut furpaſſer nos vœux,
Et qu'entiere à nos yeux
Son ame ſe déploie.

Sur de verdoyans lits
Elle joue avec Flore,
Et fait pleurer l'Aurore
Pour nuancer ſes ris.

Le Ciel ſerein la couvre
D'une robe d'azur,
Qu'un air leger & pur
A nos regards entrouvre.

Les volages Zéphirs
Egarés dans les plaines,
Sans endurer nos peines,
Imitent nos ſoupirs.

Les fleurs à leurs caprices,
Les fleurs à leur eſſor,
Interdiſent encor
L'accès de leurs calices.

Tout l'Univers revit,
Sur les traces vantées

Des fources argentées,
Que l'âge d'or ouvrit :

Age heureux, fans myftere,
Où les Graces regnoient,
Où les ris enfeignoient
L'art tout fimple de plaire !

Art de plaire , art fans art, plein d'ingénuité !
L'Automate opulent croit l'avoir acheté ;
Mais il n'habite point des entrailles obfcures ,
Où périt en naiffant la foible Vérité.
L'art de plaire n'eft point ce langage affecté ,
Vuide de fentimens & riche d'impoftures ,
Dont le flux , hors du cours de la fincérité ,
N'eft qu'un torrent ambré de doucereux murmures,
Au retour de l'Été couronné de moiffons ,
Lorfqu'un océan d'or flotte fur les fillons ;

Mes yeux reverront la Nature
Sous un Diadême d'épis ,
Que le Solftice aura mûris ,
Pour en orner fa chevelure.

Jadis fous le nom de Cerès ,
Du Monde elle fut adorée ;

Mais eſt-elle moins révérée
Sur les autels de nos Guérets ?

Le Moiſſonneur qui la dépouille,
Eſt-il moins ſon admirateur,
Quand il épuiſe ſon ardeur
Sur les tréſors dorés qu'il mouille ?

Sa ſueur reſſemble aux torrens,
Que le Ciel ſuſpend ſur la Terre.....
Mais j'entens gronder le Tonnere
Précéde du clairon des Vents.

Sous une paſſagere pluie,
Dont les flots vont le rafraîchir,
L'Univers qui ſembloit languir,
Reprend une nouvelle vie.

L'Univers, dont l'aſpect hâlé
N'offroit que des plaines arides,
Revit ſous les fleuves rapides,
Qui pénétrent ſon ſein brûlé.

De la profondeur d'un nuage
Renaîtra le Jour éclipſé.
Son éclat a déja percé

Le sombre voile de l'orage.

Un arc brillant paroît soudain
Sous le compas de la Nature :
C'est un bandeau dont la courbure
Ceint sa tête en sortant du bain.

Venus sous le fard de la Fable,
Fut moins belle aux yeux des mortels.
Elle leur surprit des autels
Avec un front moins adorable.

Le Laboureur bientôt rendu
Aux moissons qu'il vient de suspendre,
S'arme de sa faux, pour reprendre
Le sentier qu'elle avoit perdu.

Revenez, Glaneuses tremblantes,
Sur les vestiges des Faucheurs.
Le Printems vous offre des fleurs,
L'Été des glanes abondantes.

Tous les Habitans occupés
Suivent l'ardeur qui les commande ;
Et leur laborieuse bande
Egale les épis coupés.

Vous qui chargez la Terre & l'épuisez encore,
Respectez leurs travaux, Parasites nombreux ;
Inutile fardeau d'un Globe orné par eux,
Ne leur enlevez pas les biens qu'ils font éclore.
A l'ombre d'un Palais que l'Orgueil a bâti,
D'où vous créez des mers & tranchez des mon-
    tagnes,
Vous dévorez leur sang en sueur converti ;
Et votre luxe oisif moissonne les Campagnes.
Ah ! laissez vivre en paix des mortels ingénus.
Enrichissez vos cœurs vuides ou prévenus,
Des trésors d'équité dont leurs ames sont plei-
    nes.
Au lieu de leur ravir tous les fruits de leurs
    peines,
Imposez - vous leurs mœurs, empruntez leurs
    vertus.

Au retour de ces jours dont la température
Sous le nom de l'Automne, offre des mois char-
    mans ;

      Reparoît la Nature
      Sous d'autres ornemens.
      La grape la plus mure
      Contient ses diamans.

Sa

Sa Toilette vermeille
Brille fur les côteaux,
Et fa beauté réveille.
Les avides Hameaux.

Aux defirs qu'elle donne,
Aux vœux nés fur fes pas ;
La Nature abandonne
Ses liquides appas.

Elle livre fes charmes
Aux mains des Vendangeurs,
Le nectar de fes larmes,
Au gofier des Buveurs.

Sur la Cuve remplie
De raifins preffurés,
Leur ame s'extafie,
Leurs fens font enyvrés.

Appuyé fur fa tonne,
Le Buveur ne craint rien.
C'eft de ce Char qu'il tonne
Sur l'abftême Indien.

C'eft de cette carrière

Qu'il tire les rubis
Flotans dans la fougere,
Et fur lui réfléchis.

L'odoriférant Beaume
Qui parfume les airs,
Soumet à fon Royaume
Les Rois de l'Univers.

Du milieu des Guinguettes
Partent des cris joyeux,
Qu'imitent les Mufettes
Auffi bruïantes qu'eux.

Mufettes triomphantes
Lorfque le verre eft plein ;
Mufettes foupirantes
Lorfqu'il refte fans vin.

Tranquille Spectateur de ces Fêtes champêtres,
Je ne regrette plus la pompe des Cités.
Je préfére à la Cour l'ombrage de ces hêtres
Qui couvrent des plaifirs qu'elle n'a point
　goûtés.
Vos Spectacles, ô Cours, vos Scènes faftueufes,
Ne rempliffent les fens que d'un frivole bruit.

La riche illuſion que le faſte conduit,

Rend-elle, en les trompant, les ames plus heu-
  reuſes ?

Quels que ſoient les plaiſirs que l'Art fait en-
  fanter,

Puiſqu'ils manquent du vrai, puiſque l'Art eſt
  leur pere,

Ces plaiſirs en idée, & qu'on oſe vanter,

Sous le fard du bonheur déguiſent la miſére.

En déchirant ainſi le voile de l'erreur,

Je venge la Nature, & j'éclaire mon cœur.

Au retour de l'Hyver dont l'orageuſe haleine

Vient mugir dans les bois & dépouiller la plaine ;

  Je vois le vuide des déſerts
  Couvrir la Campagne inféconde.
  Je vois naître un autre Univers
  Sur les débris du premier Monde.

  Les Prés ſans gazons & ſans fleurs,
  Toutes les Forêts ſans ombrage,
  Le Ciel enveloppé d'horreurs,
  La Terre ſtérile & ſauvage ;

  Le cours des Fleuves ſuſpendu,
  L'ame des Zéphirs ſans murmure,

Le fol des Parterres tout nu,
L'Univers entier fans parure.

Tel s'offre à mes yeux étonnés,
Le Spectacle qui les attire.
Ces changemens font deftinés
Pour le Sage qui veut s'inftruire.

Hyver, que tu peins bien la mort!
Comme toi glacée & cruelle,
Son haleine flétrit le fort
De la jeuneffe la plus belle.

Mais de fon tombeau paffager
La Nature faura renaître.
Nous ne faurions nous dégager
Du cercueil où nous changeons d'être.

Pourquoi fur ces objets fixer long-temps mes
    yeux ?
Au lieu de crayonner des Portraits déplorables,
Il me refte à jouir d'un foir délicieux.
Je perds d'heureux momens, des heures délecta-
    bles.
Le Soleil va finir fon cours majeftueux;
La pompe d'un beau foir acheve fa victoire,

Et ſes derniers rayons dardent toute ſa gloire.

Sur les bords Chaldéens, ſous un ciel enchan-
    teur,

Dans l'étude d'un culte inſtruit par Zoroaſtre,

Le Mage t'adoroit, utile & puiſſant Aſtre.

Chaque ſoir il couroit plein d'une ſainte ardeur,

Diriger vers ton Temple & ſa voix & ſon cœur.

La raiſon qui tonna ſur le Polythéiſme,

Juge avec plus d'égards les Auteurs du Magiſme.

Du moins en recherchant la trace du vrai Dieu,

S'ils s'égaroient, c'étoit pour ſuivre ſon Image.

L'Aſtre, pere du jour, leur peignoit en tout lieu,

D'un moteur tout-puiſſant la gloire ſans partage.

Les germes que ſes feux développoient par-tout ;

Les gazons émaillés, les moiſſons abondantes ;

Les cèdres vacillans ſous leurs cimes peſantes ;

L'Univers enrichi de l'un à l'autre bout ;

Tout dut vers le Soleil tourner les premiers Sa-
    ges,

Et ſa flamme ſentie embraſa leurs hommages.

En voyant, comme moi, briller ſes derniers feux,

Courbés vers le Couchant où ſe plongeoit ſa
    Sphère,

Ils ſeignoient un grand Roi qu'alloit perdre la
    Terre,

Pour ſe montrer bientôt rappellé par leurs vœux.

D'une belle foirée
Le tranquille Tableau
Touche mon ame, y crée
Un sentiment nouveau.
La nuit déja naissante
Prend la place du jour :
La nuit bien moins brillante
Brille encore à son tour ;
Et déployant ses voiles,
Répand sur l'Univers
Un Océan d'étoiles
Suspendu dans les airs.
La Lune se promene
Dans un Char argenté,
Et verse sa clarté
Dans la céleste plaine.
Parsemé de saphirs,
Le Ciel que je contemple,
Est - il un vaste Temple
Orné pour mes plaisirs ?
Crois - je avec Fontenelle
Que chargés d'Habitans,
Ces Globes éclatans,
Dans leur marche éternelle,
Sont des Mondes flottans
Dont la foule étincéle ?

Aftres Concitoyens
De l'Univers immenfe,
Eclairez l'alliance
Qu'avec vous j'entretiens ;
Mais fur votre furface,
Voit - on ce qui fe paffe
Dans nos humbles Vergers ?
Y voit - on des Bergers
Defcendus des Montagnes,
Ramener aux Hameaux,
A travers les Campagnes,
Leurs dociles Troupeaux ;
Tandis que les Bergeres
Qui dévancent leurs pas,
Sous un toit de fougeres
Apprêtent leurs repas ?
Aux fons de la Mufette
Qui parle fous leurs doigts,
L'Écho répond, & prête
Le fecours de fa voix,
Solitaire Interprête
Des Amphions des Bois.
Succéde le filence
Au bruit harmonieux ;
Et le fommeil commence,
Où finiffent les jeux.

L'heureux Berger sommeille :
Un songe officieux
Semble rendre à ses yeux
Les plaisirs de la veille.
Sous le régne charmant
De la nuit la plus pure,
Il comprime en dormant
Le lit de la Nature.
D'un somme moins profond
Ignorant les épines,
Il dort sous les courtines
Du céleste plafond :
Le Ciel qui l'environne,
Est la vaste Couronne
Destinée à son front.
Les soupirs de l'Aurore
Bordent son lit de fleurs ;
Elle attend pour éclore,
Que son reveil honore.
L'ouvrage de ses pleurs.
D'autres n'ont que des chaînes
A préyoir en rêvant :
Il trouve en se levant
Des roses pour les *****

F I N.

www.ingramcontent.com/pod-product-compliance
Ingram Content Group UK Ltd.
Pitfield, Milton Keynes, MK11 3LW, UK
UKHW021641130726
13696UKWH00005B/2327